KB060044

청어詩人選 336

살아온 날과

살아갈 날들

안창남 시집

청어

살아온 날과 살아갈 날들

안창남 시집

추천사

─────

이 밤 새고 나면
어떤 이유인지도 모를 안타까움이
그 밤에 쓸려갔는지도 모를
이 새벽에

소낙비 한 줄금 때려 줬으면 좋겠다

  안창남 시인의 시 「비가 그리운 새벽」 중에 일부분이
다. 언뜻 읽으면 평이하게 읽히지만, 심안(心眼)으로 보
면 시인의 현재 마음이 그대로 담겨있다. 뭔지 모를 쓸
쓸함과 불면과 그리움과 회한까지도 미루어 짐작할 수
있다. 젊은 날엔 젊음을 모르고, 사랑할 땐 사랑을 모른
다고 했던가.
  안창남 시인의 가장 큰 장점은 시를 일상어로 쓴 듯
하지만 그 내면을 들여다보면 결코 범상치 않은 성찰의
시간이 묻어나 있음을 알 수 있다. '서두르지 않아도 꽃
은 언젠간 핀다'는 것을 아는 시인이다. 그래서 다음 작
품들이 기다려지는 시인이다.

                    ─이영철(소설가, 한국소설가협회 부이사장)

시인의 말

목련이 화사하게 봄을 몰고 왔더니
어느새 라일락이 진한 향기를 발산합니다.

먼 길 돌아 이 자리에 선 나는
겨울 지나 봄맞이하는 진달래 같은 마음으로
순수를 전하고자 함입니다.

어려운 글귀도 아닌
격조 있게 유식한 표현도 아닌
그저 이웃집 누군가가 얘기하듯
편한 글을 써보려 노력했습니다.

글 잘 쓰는 문장가도 아닌 제가 흉내를 내본들
그것은 이미 내 글이 아닌 거죠.

못써도 나는 내 글을 쓰고
내 표현을 하고 싶었습니다.
자기만의 색깔을 갖고 싶은데
아직은 여무는 단계라서 부족함이 많습니다.

책을 낼 때마다 부족함에 부끄러움이 앞서지만
그래도 노력하는 자신을 독려하며 전진하려 합니다.

감히 내어놓는 글들이 또록 하진 못하지만
일부분이나마 공감 가는 글이 되기를 소망하며
채찍으로 키워주시길 바랍니다.

늘 챙겨주시고 힘을 주시는 한국문협 문학 선배님들과
충청북도 시인협회 회원 여러분, 행우 문학회 회원분들,
청주 시문학협회와 청주 시인협회 회원 여러분께
감사를 드리며
특히 늘 조력을 아끼지 않는 제 처에게 고마움을 전합니다.

건강하고 행복하시길 기원합니다.

차례

1부 장미는 거기 있었지

제2부 나도 그랬을 거야

제3부 비가 그리운 새벽

제4부 꽃 같은 당신

장미는 거기 있었지

어느 날 우연히
장미를 본 거야

장미 향기가 내게 온 건지
내가 그를 보고 있는 건지

장미는 오래전부터 거기 있었고
나는 장미향에 취해간다

장미는 거기 있었지

어느 날 우연히
장미를 본 거야

장미 향기가 내게 온 건지
내가 그를 보고 있는 건지

장미는 오래전부터 거기 있었고
나는 장미향에 취해간다

장미가 내게서
멀어지기 전까지

화려했던 봄부터
성난 장마철까지

그 알싸한 향기
검도록 붉었던 장미
그 아름답던 5월의 모습들

새해 첫 새벽

새벽
여명 붉게 타오르고
찬란한 한 해를 밝힌다

동터오는 새날
품어 이글거리는 희망
누리에 번지는 행복

저 붉게 떠오르는 태양

올해는 실망도 좌절도 아픔도 없이
정말 정말 좋은 일만 있기를

진정 희망으로 보람으로
부풀어 오르는 기대감으로
찬란히 떠오르는 저 붉은 태양 앞에
새해를 가슴으로 맞는다

해돋이

새해라고 별다른 것도 없다
그 해가 그 해고
그날이나 그다음 날이나
별반 차이도 없는데

왜 사람들은
그 추운 날 해를 본다고 난리고
싼 방을 비싸게 주고 얻고서는
몇 시간 자지도 않으면서
정작 필요한 사람들에게 곤란을 주는지

해는 뜨겠지
그런데 인간들에게 보이질 않을 뿐인 거야
날이 흐려 구름이 낀다든지
바람 불고 추워서 꼼짝도 못 하던지

태양을 보는 건 그리 만만한 게 아니야
자연은 인간에게
그 나신을 쉽게 보여주질 않지
상응하는 대가를 꼭 필요하게 하지

오늘 정월 초하루
뉴스에서 해돋이를 보여준다
나는 집에서 촛불 밝히고 소원을 빈다

새해 첫 태양을 보려 추운 해변을 메운
고생하는 그들을 위해
해가 떠오르라고!

정월 초하루 해돋이를

새봄

봄
새록 거리는 새싹들의
지저귐 같은 아우성들

새봄은
내 가슴 저 밑바닥부터
스믈 스믈 온기로 피어오른다

내가 네게 가지 못함은

아직 봄을 노래하기엔
이른 새벽인 까닭일 거야

매봉산 기슭으로
꽃이 피었다고

노란 꽃 하얀 꽃 보랏빛 꽃들
파릇한 새싹들 봄 마중하고
아지랑이 아른거리는데

나는 여기 텃밭에
봄을 심고 있구나

3월에 바람이 불면

눈 내리고 바람 불면
세상이 추울 것 같지만

따스한 햇볕
새봄 재촉하여

남에서 북으로
나에게서 네게로
사부작사부작 걸음 옮겨 온다

진달래

당신의 모습에서
분홍의 진달래가 보인다

억센 갈꽃보다
연약한 봄꽃의
간지러움이 보인다

바위틈
얼음 녹아내리듯
새소리 정겹게 들리는

봄처럼 다가오는 연분홍 진달래

아지랑이 사이로
얼긋 얼긋 보이는
네 모습에서

나는
곱디고운 내 엄니를 본다

나무 한 그루

처음부터
그 자리 그곳에

당신이 찾아와
부드러운 바람으로
거센 광풍으로

노래하던 새들
행복한 다람쥐
그늘 밑 사랑 나누던 연인도

나무는 모든 것 보았고 알고 있다

모두가 부질없이
왔다가 떠나가는

나 거기 그곳에
이별 떠난 빈자리
아무렇지도 않은 듯

또 다시
당신 돌아와
부드러운 바람으로

그때까지, 그때까지
북풍한설(北風寒雪) 견디며
그 자리 그곳에

꿈 한 송이

산들 그리움 묻어나는 바람 한 줄기
멀리 산등성이 해지는 그 너머
기억 저편 그리움 투영되는 한 송이 꽃

파랑새 좇아
지는 해 따라
서쪽으로, 서쪽으로
너 거기 있으려나

말해줘요
아직 꿈을 꿀 수 있다고
희망을 잃지 말라고

그 말 한마디를

봄

흐린 구름 몇 장 물러가더니
뜨락엔 햇볕 쏟아진다

실바람 스치고 간 뒤
내 가슴에 아지랑이 피어나고
당신 닮은 꽃잎 내려앉는다

라일락 향기 코끝을 자극하고
연녹색 잎에는
사랑 품은 봄이 와있다

봄은 봄이다

5월 계절의 여왕

장미는
강렬한 핏빛으로 봄노래 전한다

범접을 거부한 채
아지랑이 타고 승천하는 오월 첫 아침

향기보다
강렬했던 추억으로
붉은빛보다
더 날카로운 가시를 잎새에 숨긴 채
새봄을 노래한다

오월은
나를 닮은 여인이라
다가올 기쁨을 잉태하며
숨죽여 태양을 품는다

장미는 어느새 계절의 여왕이 되어 있었다

초하루

하루를, 일주일을,
한 달을 여는 첫 태양
바로 오늘 아침이다

새벽 깨워
너를 향해 떠오르는
저 붉은 태양으로부터
한 달을 열어갈 것이다

나는 가족에게
그 붉은 태양이 되고 싶다

할미꽃

세상 수줍어 고개조차 들지 못하고

가녀린 솜털이 싸여
숨죽이며 살아가는
한구석 바위틈 할미꽃

날 때부터 늙어
죽을 때까지 늙다가는
이름마저 할미꽃

먼데 산,
새 울음도
스러져 간 고목도
스쳐 사라진 바람까지도

할미는 그 세월 모두 겪어 알고 있겠지

봄은

새처럼 물처럼
가슴에 그리며 귀에 새기며
사랑이라는 이름으로
내게 온다

온통 지저귐으로
설렘으로
너에게서 가슴으로
가슴에서 가슴으로
설레는 희망으로 환희로

들불처럼 번져
화사한 물들어 가면서

봄 처녀

삼월이
그 문을 열었다

사랑 그 문으로 들어서서

노란 개나리꽃 꺾어
분홍의 진달래 꺾어
아지랑이 어른대는 창가
너 보이도록 꽂아 두고 싶다

겨울 쫓아
또 다른 분화구로 달리는

너 새봄
목련꽃 닮은 화사한 아가씨

생강나무꽃

봄바람 일렁이며
새봄맞이 꽃향기가

겨울보다 더 추운 꽃샘추위
연 녹의 푸르름은
찬바람에 살랑인다

그 바람
그 향기 속에
꽃 닮은 당신 웃음 화사하다

가슴으로
진한 산동백 향기 전해온다

꿀향 가득한 노란 꽃
알싸한 생강 냄새
어김없이 새봄 알리는 봄의 전령

내가 제일 아끼는
철학적 심연*의 꽃

* 심연(深淵): 좀처럼 헤어나기 힘든 깊은 상태.

아침 인사

서로에게 먼저 인사하는 마음
당신에게 내어주는 어깨
누군가에게 베풀 수 있는
내 작은 정성들이
이 세상을 밝게 엽니다

오늘은
나보다도
우리를 먼저 헤아리는
예쁜 마음으로 살아내는 건 어떨까요?

내가 당신의
마음 지팡이가 되어 드리고 싶은
하루입니다

오늘 당신이
행복한 하루를 위한 마중물이고
먼저 내미는 아름다운 손이십니다

그런 하루 당신이 주인공입니다

홍매화

홍매화 꽃잎
어스름 새벽, 안개 속 피어나고

떨리는 꽃잎마다 안타까움
붉은 잎 사연에는 분홍의 향기

떨쳐낼 수 없는 고뇌로 인고의 긴 겨울 견디고
진분홍의 향기 아름다움 드러낸다

말로 다 할 수 없기에
할 말 너무 많기에
차라리 진한 향기로 애절한 호소
슬픔도 추억도
나의 망각은
너의 삶의 귀퉁이로

아름다운 미련도 아련한 노래도
매화 향기에 묻고
진붉은 꽃잎에 찬란한 태양이 물든다

부서지는 향기에 석양마저 안타깝다

야생 난(蘭)

난이라 하기에는 애매한
창포라는 난초

웃을 듯 머뭇거리는
눈물 글썽한 눈으로
엷은 미소 짓는

청초한 모습에
새벽이슬 보듬는
네 이름 창포 난

보랏빛 열정
고고한 잎새
순결한 이름으로

사랑에 무릎 꿇고
존귀한 자존감
서릿발 자존심
뭉그러트리는 순애보

해는 서산에 기울고
땅거미 스미는 언덕
부르르 떨리는 가녀린 잎새

밤 깊어 소쩍새 날면
과거로 달려가는 꿈
마음만 달빛에 띄워
임 향해 전해볼 뿐

교교한 달빛 아래
애절한 가락 한줄기 흘러 지난다

봄비

따뜻한 비가 내린다
밤새 소리 없이
가로등 밑으로

비는
음악으로 춤으로
봄을 연주한다

듣는 이 없어도 밤새
비는 봄 마중 노래한다

비는
공간 너머 내게로
사랑 이어주는 메신저

비는
아른거리는 봄 이야기를
전해준다

이 봄 화사하고 아름다운
사랑의 계절이라고

영산홍

봄꽃들 아리아리 뽐내는 오후
해는 높아 붉은데
보랏빛 영산홍 흐드러졌네

다섯 꽃 수술, 하나의 암술 향해 손짓하는
햇볕 아래 나이 드신 할미꽃
벌을 모아 봄을 노래하고
봄 향기 들 너머 봄바람 따라간다

오늘
늙어 죽은 할미꽃에서
새 할미가 태어난다

진달래보다 더 화려한 영산홍
예쁜 봄노래를
나보다
너보다
우리를 노래한다

분홍 입술로
여린 목소리로

유월 가뭄

시끄러운 바람은
뒷산 나뭇잎들 뒤집어
흔들다 흔들다 꽁지 빠지게 내뺀다

이 동네서 이런 소문
저 마을서 저런 얘기들
뒷동네선 기우제 시루떡을 훔치고 빼앗아
등 너머 산에 흘리고 간다

먼 동네서는
김 피어나는 뜨거운 물마저 거두어
바람이 싣고 내달린다

하늘은 원망스레 맑은데
거북 등딱지 농심은
바람에 떠다니는 술잔만 쏟아낸다

타죽는 작물들
고개 숙여 산통 하며
무심천 까치내 앞뜰은 그렇게 유월을 보낸다

먼지 날리는 들판
까치 한 마리 높이 날고 있다

장미

한 방울 한 방울
피 흘리며 죽어가는
너의 뒷모습에서
나는
향기 진한 추억을 본다

거기에
너의 그림자 숨겨두고 온 날
뜨거운 피는
너의 잔상보다 진했었다

거리 휩쓸며
비바람 구를 때에도
나는 그저
속절없는 이방인이었을 뿐

너에게서 장미 향기가 날 때
나는 등 돌려 눈물 짓는
그것밖에 할 수 없었다

그저 추억 하나 부여잡은 초라한 나그네로

새벽길

안개 낀 새벽 거리
고요를 넘어 적막강산

아직 여명은 멀지만
떠나야 할 몸
길 잡아 재촉한다

차도 사람도
강아지도 없는
뻥 뚫린 시가지
나를 오라 등 밝혀 두었나?

나를 따라오라고
나 먼저 길을 나서
미련으로 흔적 남겨둔다

잎새 맺힌 이슬 따라 나서라고
가로등 불빛 뒤로 그림자 흘려둔다

가버린 봄

봄은 어느덧
여름에 밀려갔다

오는 듯 가버린
계절의 여왕도

알싸한 찔레꽃 향기도
짙푸른 녹음에 밀려
꼬리를 자른다

여름은
슬금슬금 우리 곁에
더위와 실록으로
자리 잡는다

여름은
덥다는 생각뿐
좋은 기억이 별로 없다

모시 잠뱅이* 꺼칫거림이
면 반바지로 부드러워졌을 뿐
매미 소리만이 추녀 밑으로 기어들고
저무는 동네 똥개 소리 시끄럽구나

* 잠뱅이: '잠방이'의 방언.
　　　 가랑이가 무릎까지 내려오게 지은 남성용 홑바지.

홍련

마음 밭에
오롯이 피어난 연꽃

그 꽃말
함초롬한 그리움

햇볕 따스한 봄
양지바른 언덕 아래

심연에 붙박여
진한 향기 머금는

그 고고함

홍련의 아름다운 자태
여인의 고운 심성 예쁜 추억

그리움은
석양처럼 붉다

제2부

나도 그랬을 거야

안개비 오후에는
울타리 옆 텃밭
자줏빛 꽃잎 보며
기억을 더듬었을 거야

이슬 맺힌 거미줄 보며
지나간 인연들의 아쉬움에
찔끔 눈물 흘렸을 거야

나도 그랬을 거야

안개비 오후에는
울타리 옆 텃밭
자줏빛 꽃잎 보며
기억을 더듬었을 거야

이슬 맺힌 거미줄 보며
지나간 인연들의 아쉬움에
찔끔 눈물 흘렸을 거야

장마에 떠밀려 떠난 오월 장미
녹아내리던 더위 옆을 비껴가는 꿈을 꾸었을 거야

퐁당거리는 빗소리
찾아온 기억들에
턱을 괴었을 거야

줄지어 행군하는 개미를 보면서

너 어디쯤 있는 거니

한 줄금 소나기
피하려 숨었더니
온데간데없는 너
그늘진 소리만 아련히
너 어디에 있는 거니
홀로 남겨진 게
나일지 너일지
네가 나를 찾듯
너를 찾아 헤매고
내가 나를 찾는 그때까지
너 어디쯤 있는 거니

끈

설렘과 애틋함으로 이어진 끈
질긴 악연으로 대어진 끈
따뜻한 보은으로 닿는 끈
전생의 인연으로 맺어진 끈

스치듯 지나가는 끈
끊어질 듯 이어지는 끈
또 다른 인연으로 줄 대는 끈
그 삶을 연명해 가는 질긴 생명의 끈

인연을 파는 끈
인연을 잇는 끈
인연을 인연으로 엮는 끈
서로가 놓지 못하는 연민의 끈

오늘
내가 있어야 할 곳에 있는지
있어서는 안 될 곳에 있는 건지
있어야 할 곳을 찾아
내 끈을 찾는다

내
인연의 끈은
어디에 있는 걸까?

평생 그 끈을 찾아 방랑하는 것이
삶을 살아내는
우리 모두의 인생이란 것인지

브릿지

강을 건너게 하는 다리
이승과 저승 잇는 연옥
서로의 마음 맺어가는 사랑
이해 절충하는 계약

모두
상대되는 무엇인가 연결하는
자신이 본체 되어
둘을 하나로 잇는

우린 다리라 부른다

집과 병원
나와 가족
오늘과 내일 연결고리
때론 떨어져 있기에 하나가 되는
오늘을 빌어 내일을 만나는

새벽 별
그리움은 하늘 건너는 오작교
내 마음 까마귀 날갯짓으로
어느새 날고 있는 꿈을 꾼다

길었던 겨울
복수초 움틔우고
통도사 홍매화 봄을 부른다

파도 소리

수없이 밀려와
부딪혀 부서지는 파도는

무얼 말하려는 걸까?

태고의 신비를
이태백의 전설을
헤밍웨이의 진실을

어쩌면
정인의 사랑 고백
대신 전해주는 소리일 수도 있고

밤낮없이 다가와
외치듯 전하려는
그 속 깊은 내막은

부서지는 바위의 속울음일 수도

고향을 그리워하는
돌아가신 아버지의 노랫말일 수도

아마도
평생 쌓아두었던
갈매기의 한풀이가 아닐까 싶다

아래를 보고 살자

세상은 나를 보고 외친다
위를 보라고 위를 보라고

나는 아래를 본다
볼 것이다

작은 풀잎과
작은 꽃잎과 작은 돌까지
노랑 저고리 민들레 홀씨

말을 삼키며
숨죽여 피어난
할미꽃의 수줍음

나보다 작은 어려운 이웃
힘들어 한숨 내쉬는 친구
말할 수 없는 답답한 가슴들

나는
위를 볼 수 없기에
아래를 볼 것이다

구린내 나고
썩은 물 고인
저 위 동네는 싫다

인간미 넘쳐
서로의 아픔을 어루만질 수 있는
아랫동네에 함께 할 것이다

나도 아픔을 품어 알기에

퇴원

사람이 어딘가에 갇혀 지내는 것

그곳이
군대든, 감옥이든, 병원이든,
소속되어진다는 건
자유를 저당 잡힌 구속 상태

건국기념일도
민족해방일도
봄 소풍 전날도 아닌데
마음은 들뜬다

아쉬워
덕담인지 악담인지
헤어지기 안타까워하는 병원 환우들
이런 곳에서 다시 보지 말자는 환송

환부는 나았지만

다산의 목민심서도, 허준의 동의보감도
쉬어갈 때 써졌다지만
병중에 나
무엇을 남겼는지, 무슨 다짐을 했는지

퇴원하는 새벽
집으로의 환속이 좋기만 한 것인지

항구

곰소항, 한진항, 대천항, 강구항, 모항, 홍원항
무창포, 꽃지, 드르니항, 왜목항, 후포항, 통영항
삽시도, 소매물도, 제부도, 선유도, 서귀포항…

그곳엔
알싸한 비린내와
쿰쿰한 바다 냄새

그리고
갈매기만 있을 뿐

사진이 있고
추억이 있고
향기는 있는데

항구에 배는 없다

안성 서일농원

노랗고 포근한 잔디밭
노송이 깔고 앉아

바람은 산새 불러오고
그 바람 사이 내가 섰다

노송 휑한 가지 틈새로
흰 구름 흘러가고

마른 정원에는
자투리 햇볕이 자리 잡는 오후

내 이름 석 자 하늘에 쓰며
고즈넉 솔향기 따스한 바람
안성농원 운치에 젖어

시장기 가득한 오후
청국장 뚝배기를 헤집는다

친구

참 많은 친구 있지요
여러 부류의 친구들
각양 각층의 친구들

오늘 삼 년 동안 한 교실에서
지지고 볶던 친구들을 만났어요
고등학교 삼 년을 같이 보낸 친구들

사십 년을 거쳐
주름진 계급장을 달고서도
한순간에 동심으로 함께 가는 친구들

잊었을 만도 한데
얼굴이 기억나지 않을 만도 한데
이름과 얼굴과 출석번호까지 생생한 그 친구들

오늘
사십 년을 거슬러
내 잊어버린 추억들 찾아준
소중한 친구들을 만났어요

늙어 가는 게 아니고
젊음을 숨기는 거라고 말해주고 싶은
내 젊은 추억 노트를 채웠던 친구들

세월 지나
백발을 머리에 이고
질곡의 계급장을 달고 나타나도
변함없이 유년기에 장난기 많던
내 소중한 친구들을
난 오늘 만났네요

사진기(寫眞記)

사진을 찍으며
참 많은 곳을 다녔는데

삼탄부터
제주부터
태안부터
포항부터
서천부터
고창부터
한진부터
삽시도, 두물머리까지

일출을 잡으러
일몰을 잡으러
꽃을 담으러
풍경을 담으러

사진을 찍으며
시를 쓰며
풍경을 담으며
추억을 남기며

이젠
빈 사진기만으로

허공에
빈 사진을 담는다

시 없는 공허한 사진

고통

소독내 나는 병실에 누워
아기 모빌 바라보듯
빈 천정만 바라본다
할 수 있는 거라곤 그것밖에 없다

양 무릎 수술했으니 움직이는 것은
애당초 가당치 않고
마음만 초원 위를 달릴 뿐
나는 침대에 파묻혀 깊이깊이 침몰 되어간다

수술하면
잠이나 원 없이 자겠다던 자만은 하루 만에 물거품
마취 깨면서 들이닥치는 아픔과, 움직일 수 없는 괴로움과,
수시로 들락거리는 간호사들과,
쏟아지는 잠을 자지 못하는 괴로움들이

여차하면 달려들 듯
예민해져 있는 환자와 간호사들
무섭게 뛰어다니는 배식사들, 간호보조원들,
아픔을 참지 못하는 신음과 외침들이
고루 공존하는 병실 병동

여기서 나의 아픔은 먼 나라 애기일 뿐
잠을 자는 것도, 돌아 눕는 것도, 아픔을 참는 것도
모두가 고통, 고통의 연속이다

다시는 오지 말아야지
다짐하는 것도 고통이다

혈맹

거기
내가 있었어
살며 그어두었던 테두리
선명한 금 그어 편 갈라두었던

모두에게 공평할 수 없는
찌들어진 삶의 무게
화려한 밤 세계와 뜨거운 노동의 현장
믿는 자와 못 믿는 놈

살아내기 위해
서로를 부둥켜안고
웃음으로 비수를 날린다

더불어 살기 위한 동맹
오늘의 적이 내일은 동료

오늘 한잔 술로
물속에 갇힌 연어의 영혼에서
우리
자유를 배운다

동맹을 맺을
또 다른 인연을 찾아서

깊은 밤

똑, 또르르
인어가 눈물 흘리면
그 눈물 진주가 된다는

휘익 휘익
비익조 날갯짓을 하면
그 바람 돌풍이 된다는

뚜벅 뚜벅
당신 사무치게 그리우면
내 몸은 나도 몰래 당신께로 향한다는

누군가
미치도록 보고플 땐
참지 말고 달려가시라고
어쩌면 그 사람도
당신을 기다리고 있을 테니까

잠 못 드는 밤
별을 세기보다
양을 쫓기보다
차라리 나를 놓아 임께 가게 하소서

산다는 것은

파란 하늘 올려다보면
당신 모습 있고

바닷가 걸으면
세월의 노랫소리 들리고

내가 웃을 때 상대도 웃고
어머니 웃을 때 나도 웃는다

즐거운 생각 하고
예쁜 모습만 보고
아름다운 음악을 듣고

세상이 환하게 비출 때
우린 그때 말한다
행복이란 것을

그런 때가 얼마나 되는지
그건 각자의 몫이고

참 어렵다

저장 공간 부족한
아날로그 머리로
이 세상 살아내기가 (참 어렵다)

숨겨야 하는 많은 것들
품어 앓기가 (참 어렵다)

통증 억누르며
하루하루를 견뎌야만
숨 쉬며 살 수 있는 것이 (참 어렵다)

오늘이 어제만 못하다는 것을
가슴으로 느낄 때 (참 어렵다)

새벽 코끝으로 스치는 바람
목에서 느껴지는 가을 찬바람
오늘따라 더 서늘하다 (사는 게 참 어렵다)

산책길

오늘 천천히 걷고 싶다
낮은 풀 잎새 사이
바짓단 젖어도

이름 모를 들꽃
색깔 고움에 감탄해도

은은한 꽃향기
정신 맑아 옴에 기쁜 마음

냇가 물 소리 고향 그리울지라도
망연히 하늘 바라보고 싶다

먼 데 기적 소리
매미 소리, 새 소리, 바람 소리까지
날 위한 멋진 세레나데

오늘
한적한 숲길에서
천천히 아주 아주 여유롭게

풀 위에 누워
흘러가는 구름 세며
스르르 잠들고 싶다

한가로운 오후 망중한
여유를 맛보고 싶다

치통과 연휴

새벽부터 잠이 깼다
이가 아파 자동 반사

머피의 법칙
오늘부터 설 연휴
나흘간 휴무

차라리 어제 아팠다면
치과를 찾았을 텐데

연휴 첫날 새벽
오늘부터 아픈 것은

올 설은
뭔가 메시지를 전달하려는 것인지
머피의 법칙에 걸려든 것인지

아픈 이를
흔들고, 혀로 밀고, 물어 힘주고,
이리저리 용쓰고 애써 봐도

아프기는 매한가지
짜증만 늘어간다

욱신욱신 통증이 온다
긴 연휴가 걱정스럽다

이
아파본 사람만이 알 수 있다

세 걸음

세상살이 퍽퍽할 때
친구 관계 답답할 때
부부관계 소원할 때
사는 게 다 시원찮아 일탈하고 싶을 때

우리 그 속으로
한 걸음만 들어가 보자
자존심 필요 없고
이기심, 이해타산도 필요 없이
그저 한 걸음만 다가가자

못한 말 하려 하지 말고
서운했던 것들 이해하고
불만은 그도 있을 테니 퉁 쳐 넘기고
소원했다면 내가 먼저 손 내밀어 화해하자

그 한 걸음에 그도 한 걸음 다가올 것이고
둘이 또 같이 한 걸음 나아간다면
이 세상 찬란한 희망이 떠오를 것인데

한 걸음
또 한 걸음
그리고 함께 한 걸음

우린 서로에게 다가가기를
두려워하는 것인지
용기 내기가 서투른 것인지
용서하는 게 익숙하지 않은 건지

한 걸음 내딛기
용기가 필요한 것도 아닌데

천천히

천천히 가보자
급한 것도 없는데
왜 서둘러야 하는지

천천히 살아보자
바쁘게 살아간다고,
더 잘 사는 것도 아닌데

천천히 살펴보자
엎드려 들꽃 향기도 맡아보고
밤하늘 우러러 별도 보며
봄바람에 실려 온 고향 소식도 들어보자

천천히 되돌아보자
나를 아껴주는 사람을
나를 좋아해 주는 사람을
내가 아픔을 준 사람을
나 때문에 힘들어한 사람을

천천히 음미해보자

좋아하는 시 한 구절을

언젠가 들었던 노래 한 소절을

심취해 밤새 읽었던 소설들을

천천히 기억해보자

어릴 적 밥 짓는 저녁연기 냄새를

친구들과 밤새 떠들다 새벽에야 잠들던 기억을

좋아했던 선생님의 아름다운 편린*들을

* 편린(片鱗): 사물의 한 조각이라는 뜻.
　　　　　사물의 극히 작은 한 부분을 이르는 말.

의자

편히 앉아 쉴 수 있는 도구
의자

의자 종류 참 많지요

사장님, 의자 회전의자
편히 쉴 수 있는 소파
노인 분들 쓰는 안락의자
식사 때 앉는 식탁의자 등

바퀴 달린 의자 휠체어

나는 요즘
휠체어에 의지해 지낸다

양 무릎 수술로
두 다리 쓸 수 없어
발 대신 사용하는 내 의자, 내 다리

평소엔 알지 못했던
휠체어의 고마움

네가 없었더라면…

다시는 신세 지지 말아야 할 의자지만
혹여 만나야 할 운명이라면
너무나도 고마운 존재

휠체어 의자

적벽강*

코끼리 코 닮은
절벽 가득 책을 쌓아두고
파도 철썩일 때마다
책 한 권 책 한 쪽씩
바다로 파도로 흘려보내고

어디선가 읽어줄
연 닮은 당신 기다리며
오늘도 피로 쓴 사연들
켜켜이 쌓아둔 얘기를
파도에 실려 보낸다

수천 년 쌓아둔 사연들
견우 목장 직녀성 이야기
달나라 옥토끼 이야기
파도가 파헤쳐 전설을 풀어낸다

오늘도 적벽강엔
아직도 못다 푼 사랑 이야기들을

* 적벽강: 전라북도 부안군 변산면 격포리에 있는,
　　　　채석강 근처 위치한 해안 절벽이 있는 절경.

제주 입도

누구 하나
기다려주지 않는 미지의 땅
긴긴 새벽 뚫고 먼 바다 건너
뭐 얻을 거라고 찾아들었을까?

기다려 줄 사람도
맞아줄 사람도
나를 반겨줄 아무것도 없는 줄 알면서도

그러나
기대를 품고 용기를 내고
차분히 도전하려
나를 달랜다

차고 시린 옥빛의 남녘 바다
그 서러운 동토에서

낙서 한 뭉치 들고

친구야

자네랑 친해지고 싶어서 편하게 부르는 것이니,
반말이라 마음 상해하진 말게
강 건너에 있는 것이 유토피아라 생각이 들면,
마음 급히 어떻게 건널까에 집중하고 몰두할 뿐
건너는 강 속에 무엇이 들었는지, 어떤지는
언제나 관심 밖이지
나 또한 지금껏 그렇게 살아왔다네
난 봤네,
강가에 홀로 서 있는 자네 모습을
자네 가슴 속에 일렁이는 맑고 소박한 꿈들을
그리고 낯선 것에 대한 약간의 두려움까지도
그것은 마치 강물 위에 반짝이는 물비늘처럼 곱기만 하
더라
여태껏 삶도 그랬을 것이고,
새롭게 시작하는 것도 그럴 것 같네
부디 두려워 말고 망설이지도 말고 부딪쳐 즐기게나
예전과 달리 무엇이든 결과가 주는 행복이
그리 오래가는 게 별로 없는 요즈음이잖아
그건 자네도 겪고 느껴 봐서 잘 알겠지만
지금 함께 하는 순간순간이 진짜 내 것이야

시간 지나 희미해지는 기억 아니라

늘 가슴 한쪽에 살아 꿈틀대는 아름다운 추억 말이야

삶도 공부도

앞만 보고 가면 이내 지치고 흥미를 못 느끼지

가끔은 긴 작대기로 그 강 속을 휘젓다 보면

뭔가 걸릴 걸세

혹여 혼자라 힘겨운 날이 찾아오면

그땐 연락하게

언제나처럼 막걸리라도 한잔하면서

심연에 감춰진 것들 함께 건져 올려보세

바닥에 엎드려있는 그 아름다운 것들을

함께 하세

이보시게 친구님
아픈 세월 힘들어 말고
우리 함께 채워 가세나

아들놈 때문에 속상하고
딸년 때문에 마음 다친걸
어디 누구에게 이야기하겠나

깊은 가을밤
떨어지는 낙엽에도 예민한
잠 못 이루는 나이를
누구에게 하소연하겠는가

늙었다고 무시하고
느리다고 탓하는 젊은이에게서
내 모습이 보이는 것을
그 누가 알겠는가

세월이 저리 빨리 가는 것을
예전엔 몰랐었고
다리에 힘이 풀리는 것을
상상도 못 했었네
"이 좋을 때 많이 먹으라"던 어르신 말씀을
그때는 이해할 수 없었는데

세월이 우리를 철들게 하고
나이가 우리를 영글게 하며
많은 인생 경험들이
우리를 또한 성숙하게 했는가 보이

우리에게 친구가 필요하단 것을
알게 했는가 보이

제3부

비가 그리운 새벽

이 밤 새고 나면
어떤 이유인지도 모를 안타까움이
그 밤에 쓸려갔는지도 모를
이 새벽에

소낙비 한 줄금 때려 줬으면 좋겠다

비가 그리운 새벽

어스름 흐릿한 달빛도
물 비쳐 일렁대는 달빛조차
내 마음 같아

천년 종 울림이
인고의 숨 막힘을
풀잎새의 떨림을
귀뚜리의 간절한 울음마저
대신할 수 없는 것을

긴 밤
홀로 지새우는
가녀린 연꽃송이를
누구라고 손짓할까?

평평한 고갯길
포장된 아스팔트까지
때 넘긴 노파에게는 힘든 여정

이 밤새고 나면
어떤 이유인지도 모를 안타까움이
그 밤에 쓸려갔는지도 모를
이 새벽에

소낙비 한 줄금 때려 줬으면 좋겠다

그곳

지나칠 때마다
당신 그 자리에
날 기다리는 듯

오늘 그 자리는
어둡고 침침한 복도 끝처럼
당신은 없다

애꿎은 전화기만
들랑날랑 시달릴 뿐
거기에도 당신은 없다

가슴 설레던 시간들
눈물 머금은 추억들

입 말라 애태우던
그 많은 시간들이
저곳에 머무는데
당신은 없다

되돌아
당신 보이는 날

어리광이나 한번
부려볼거나

머나먼 제주에서

깨달음

새봄 초입에

올 곳도
갈 곳도

내가 갈 곳은
오직 한 곳
자네 곁 아닐는지

번민도 고뇌도
책임 없는 자유마저
훌훌 놓아 버리고

긴 겨울 터널 앞에서
외로움 멈추고
고독한 발걸음 쉴 곳

바로 자네 곁이란 걸

난
이제야 알았다네

고맙네, 이 사람아

나는

살다 보면
내가 이중적인 것을 본다

내가 이런데
남들이야 당연지사겠지

항상 천사와 악마가 존재하는 내 마음속
언제나 평온한 나로 돌아갈 것인가

웃어야 하지만 웃을 수 없는
잊어야 하지만 잊히지 않는
먼저 용서해야 하는데
마음속 분노를 삭이지 못하는

잘못을 느끼지만 사과하기 어렵고
조급한 마음 알면서도 추스르지 못하는

나는 언제나
복잡한 나를 놔 주려나
철 들어 사람 구실 하려나

나만 그런 거 맞는 거지?

가장

가슴 당당하게 펴던
자존심 하나로 허리 세우고
고개 들어 반항하던

세운 어깨에 돌을 얹고
꼿꼿하던 목에 찬바람 스치고
강한 자존심에 뒤통수 맞고

세월 앞에 주저앉은 정열
무거워서 힘들어서도 아닌
내가 지켜내야만 하는
가정 앞에서 무너져 내린다

패기도 정의도 젊음도 용기마저도
세월 앞에 가족 앞에
내려놓아야 할 허세였구나

허물어진 노년
어깨도 없고 가장도 아닌
그저 등 굽어 힘없는
거추장스러운 노인일 뿐

지는 해 바라보며
붉은 노을 따라
시선도 따라
몸도 마음도 따라

사위어 간다

공허(空虛)

그래
내 안에 너는 살아 있었다
움터 자라는 죽순처럼

그래 네 안에
나는 정녕 없었더란 말이냐

비 쭉정이 콩깍지
날콩도 아닌
그림자로 여물었던 것이지

찬 이끼 습음(濕陰)은
곧 너였었고
나였었다

갈잎 지면
휑하니 불고 갈
찬바람이었던 거지

그저 공허한 무심함인 거지

고물(古物)

덜컹덜컹 헐떡이며 언덕 오르는
힘은 부치고 소리도 요란한
기름 새고 하부는 부실한 고물 자동차

십 수 년을 함께한 동반자
나의 큰 힘이 되어주고 행복도 주고

함께 웃고, 함께 자고, 함께 달려온
고단했던 세월 동안 많은 추억 나누었던

이제 쉴 때 되고 보니 여기저기 고장 나고
만났던 수많은 사람 들 어디론가 떠나 없고
남은 것 오직 깎이고 퇴색된 병든 몸뚱이뿐

지금껏 열심히 내 곁 지켜준 애마
이젠 쓸쓸한 석양으로 망각의 강으로 보낸다

여보
우리도 젊어 봤으니
지금부터는 멋지게 영글어 갑시다

달관

살면서
아파보지 않은 이 누가 있을까?
살면서
힘들지 않은 이 어디 있으리오

오늘 힘든 일 자처하지만
더 좋은 내일을 위한 투자라 여기겠소

힘든 날 견디면
좋은 날 올 거라며
푸시킨*은 외쳐댔지

아파도 잠시
힘들어도 잠시

그저
살다가 보면
별것도 아닌 것을

오늘에 만족하면

그것으로 만족한다는 걸

재활 운동

새벽 운동
먼동도 터오기 전
나이 먹은 값 하려고
꾸역꾸역 운동하러 모여든다

젊은이는 없다
육십 넘어 칠팔십
불편한 다리, 아픈 팔,
풍이와 못 걸어도

운동으로 흘리는 땀보다
아픔 이기는 고역으로 흘리는 땀

내일은 없다
오늘에 최선 다할 뿐
힘들고 아픈 고통 이기려
새벽부터 힘들게 재활 운동을

얼굴엔
심오한 의지, 결연한 모습
부들부들 떨리는
부자연스러운 육신에서 벗어나려는
투지만 있을 뿐

오늘 새벽엔
중풍과 목발
두 분이 더 늘었다

꿈속에서

누군가
새벽안개 속에서 걸어 나온다면

난 그가
당신이었으면 좋겠다

해맑은 웃음, 편한 모습
언제나 변함없는 다정한 당신

난 그가
어머니였으면 좋겠다

늙으신 손등
껍질 늘어나 핏기 없어도
자식 걱정 잔소리로 내뱉으셔도
투박한 고집, 쪽 진 머리

난 그가
아버지였으면 좋겠다

굵고 거친 목소리
말없이 안아주던 넓은 가슴
인자한 웃음, 크고 투박한 손,
지금도 보고 싶은 내 아버지

난 그가
너였으면 좋겠다
그런 바람으로 꿈을 꾼다

그래 너 잘났다

그래 너 잘났다

작은 것에
행복할 줄 아는 너

아픈 가슴 드러내 놓지 않고
속울음 울면서도 주변에 웃음 주는 너

꽃 지고 난 자리 잊힐까마는
머릿속 각인된 당신을
새록새록 기억하는 너

살아온 날들 잊지 않고
살아갈 날들 두려워하지 않는 너

온전히 두 다리로 버텨온
울타리 안 식구들 지켜내느라
평생 열심이었던 너

그래서 너 참 잘났다고

길목에서

매섭게 몰아치던 뙤약볕
발그레 수줍던 가을도
이제는 구름 따라 산 너머로

혹여 남아있던 미련도
그늘진 이야기들도
찬바람에 떠밀려
어디론가 간 곳 없다

가을은 그렇게

겨울은 그렇게

나는
또 그렇게
처량 맞은 형체로

겨울바람 한가운데
우두커니 서 있구나

선물

기억에 오래 남는 선물
어버이날 선물

생일 선물, 졸업 선물,
감사 선물, 명절 선물,
많은 선물 중에
아직도 잊을 수 없는 선물 하나

내 아이 어린이집 유치원생
서툰 가위질
색종이 카네이션

선물로
뭉클한 마음
그게 진정한 선물

그 아이 지금은 어른 되었지만
난 아직도 그때 그 선물이 제일 기억에 남는다

길 건너

마주한 신호등
간절한 소망의 눈길

불 밝혀라
불 밝혀라
파란불 밝혀라

속으로 외치고
간절히 염원하며
바라만 볼 뿐
소원은 언제나 허무함일 뿐

안타까운 마음
내달리는 차량 행렬
바쁜 마음 뿌옇게 타들어 간다

조각 이불

하나하나
정성 다해 이룬
사랑의 조각들

앞서거니 뒤서거니
줄 맞추어
차례 지키며

잔잔한 거리에 수를 놓아
오색 무지갯빛 뽐내며
자리 잡는다

빛의 사랑도
다시금
가슴 뚫고 들어와
예쁜 조각에 그리움 그리며
포근히 둥지를 튼다

네 마음 가득
조각난 서러움들 엮어

어여쁜 추억으로
꿈을 꾸듯 한 땀 한 땀

사거리를 중심으로
사방 뻗어 오색으로 줄줄이 엮는다
오방색 이불 점점이 수를 놓는다

정말

할 수 있어
그래 할 수 있는 거야

그런데
너 정말
할 수 있는 거니?

그래
잘 할 수 있을 거라 믿는다
너니까

너는 잘 할 수 있으니까

그런데
너는 꼭 잘해야만 되는 거니?

왜 그래야만 되는 거니?

꼭 그러지 않아도,
그리 부담 갖지 않아도 좋으련만

학교

소싯적 책 보따리
양은 벤또 유리병 김칫국물
허리에 차고, 등짝에 걸러 메고

콩 서리하고 얼굴에 묻은 검정 보며
서로 깔깔거리며 웃던

조개탄 난로 위에 올망졸망 도시락 탑을 쌓고
출석부 모서리로 머리통 얻어맞던,
칠판 귀퉁이에 떠든 아이, 도망간 아이
그때 그 시절 국민학교

세월 한 바퀴 돌아 환갑 나이
추억 한 장씩
누구나 같은 추억
같은 코흘리개

그 크던 운동장이
지금은 왜 이리도 작은 건지

플라타너스 고목만이 자리를 지킨다

아홉 고개

인제에서
군 복무를 했네

휴가를 나오다가
아홉 사리 검문소서
비상이라고 원대복귀 당했네
참 어이가 없더군

살면서
원치 않는 복귀를 수도 없이 했다네

털어먹고 제자리
사기당해 원위치

버림받아 혼자되고
외톨이로 살아남은 오뚝이

하지만
오늘 난
자네들을 가졌다네
아홉 구비 그 시련들 견디며
먼 길 돌고 돌아서

사랑스러운 가족들을 말일세

항복

테레비 브라운관에는 별별 것 다 있다

예쁜 색시도, 이웃 나라도, 재밌는 오락도,
물건도 살 수 있고, 맛난 곳도 알려주고, 여행도 시켜주고

요즘 차들은 호텔급이다

차 안에 없는 게 없다
갈 안내도 해주고, 엉덩이도 달궈주고,
노래도 들려주고, 누워 시원하게 쉴 수도 있다

요새 떨어져 기워 입는 옷 보았나?
옷도, 신발도, 가방도, 모자도, 액세서리까지
모든 게 풍년이다

하물며 손가락이 말을 하는 시대다

누구든 언제나 불러내서 소통하고
필요한 건 뭐든지 찾아내고, 사진도 영화도 찍는다
심지어 지구 반대쪽 사람도 금방 불러내 얘기한다

세상은 하루, 한 시간, 초치기로 바뀌어 가는데
못난 나는 제자리를 고집하며 퇴보하고 앉았다

딸년을 출가시키고
갑자(甲子)를 되돌아가는데 머리는 왕왕댈 뿐
쓸데없이 백발만 늘어간다

바삐 돌아가는 세상
나는 도저히 못 따라가 항복이다

창

창문

창으로 햇빛이 밝아온다

창으로 경치가 들어온다

창 사이로 세상이 보인다

갇힌 나와 열린 세상이
창을 통해 소통한다

세상은 소리로
나는 느낌으로

살아낸 세월 들
영화처럼 흘러가고
실물 같은 내 모습 보인다

온갖 풍문들이 들리고
많은 이야기 보이는 창밖

나는 그 속으로 뛰어들고
세상은 나에게로 녹아든다

여기 왜 왔니?

무엇 하러 왔는가?
긴 여정의 인생길

왔으면 잘 살 것이지
지지고 볶고 달달 거리며
억척으로 살아봐도
늘 절벽 끝에 서 있고

존재도 알지 못하고
그저 떠밀려 살다가
원치 않는 자리 잡고 뭉그적거리다가
왔는지 갔는지도 모르게
그저 그렇게 사는 것을

기쁨도 찰나, 고통도 찰나

사실 잘 사는 것이 무엇인지
기준조차 모호한데
아귀다툼 악다구니로 살다가
그저 그렇게 가는 것

산다는 건 그런 건가 봐
이해하고, 조금씩 손해 보며
그리 살아도 되는 건가 봐

내 이름 남기려 애쓰지 않아도 되는 건가 봐

그러려고 온 거 아닌가?

직업

내 직업은 월급쟁이
나는 사진도 찍는 글쟁이

네 직업도 월급쟁이
대리운전
Tow Jop

그 사람 직업은 월급쟁이
노래 봉사하는
전기 기술자

새내기 후배도 월급쟁이
학원 다니며 공부하는
젊은 청춘

우리 선배님도 월급쟁이
정년퇴직하신 다음
아파트 경비

내 친구 자영업 사장
사업 말아먹고
고물 장사

글 쓰는 친구 가난뱅이
많은 글 써내지만
돈이 되질 않는다

젠장
잘 사는 놈이 없다

청주 아리랑

에이는 바람과 뺨을 치는 눈보라
의지할 곳 하나 없는 황폐한 벌판
강제 이주 혹한의 땅 연변 정암촌

조국 땅 바라보며 산화한 동포들
타국에서 버텨낸 질긴 목숨 들
누구라서 말릴 소냐 한민족 기질을

설움 치받혀 끓어오르던 분노
삭히고 참아내며 지키고 지켜냈던
한 서린 그 노래 청주 아리랑

꿈에서도 찾았던 고향 충청도
눈물로 부르던 유일한 가슴앓이
청주 아리랑

유네스코 등재되었으니
이제는 목청껏 불러도 좋으리
고향에서
웃으며 부르는 청주 아리랑

＊ 충북 청주에 살면서 지역마다 있는 아리랑을 찾던 중, 충북에선
  잊혀진 청주 아리랑이 중국 연변 정암 촌 조선족에 이어져 온다는
  것을 알게 되어 놀라움과 청주를 대표하는 민요라서 관심 기울여
  글을 쓰게 됨.

원고지

나를 예우라도 하듯
반듯한 칸을 치고 줄을 띄우고
나의 눈높이까지 맞추어 주는구나

하늘색 잉크로 화장을 하고
은반 위에 스케이트를 타듯
아름다운 무용으로 그림을 그려

주옥의 글귀
영롱한 빛과 향기를 품어
글의 격을 올려 주는구나

스카이블루의 왕자 같은 모습의 펜
검은 줄을 흘리는 연필들
붉은 똥을 싸는 볼펜까지 감싸 안으며
작품으로 태어나준 너에게
감사한 마음으로 이 글을 바친다

제4부

꽃 같은 당신

꽃을 보면 사랑이 샘솟는다

꽃을 좋아하는 너
당신이 꽃이다

꽃 같은 당신

꽃은 언제나 예쁘다

아무 생각 없이 봐도,
어떤 꽃을 봐도
꽃이라서 예쁘다

꽃을 보면 사랑이 샘솟는다

꽃을 좋아하는 너
나에겐
당신이 꽃이다

나는 참 좋다

무쇠 솥뚜껑 스르릉
뜸 들던 밥 냄새
동네 위
밥 짓는 연기
그 냄새
할머니 품
표현할 수 없는 그 향기
잠들 때까지 듣던
옛날이야기 냄새
메주 뜨는 냄새
국시 꼬랭이
아궁이에 이글대던 빨간 불꽃

사랑의 정의

집착형 사랑
처녀 총각 만나 사랑하게 되면
밤낮 보고 싶고, 그 사람 생각뿐이고
보면 헤어지기 싫어 안타까워하게 되고
온통 그 사람만을 생각하게 되므로
그 사람에게 집착하게 된다

일방적 사랑
사랑하던 사람과 만나 함께 살다 살다 보면
작은 것도, 큰 것도, 어떤 것도 참고
이해해주고 포용해주며
한쪽에서만 정이라는 이름으로
일방적인 사랑을 하게 된다

순수한 사랑
내 아기의 모습만 봐도 웃음 지어지며
예쁜 짓을 보면 더욱 사랑을 느끼고
뭐 하나라도 아낌없이 주려고 하는
무조건 무한 애정을 갖는 사랑

참사랑

나와

상대가 누구든 그 대상과

함께 좋아하고, 서로를 배려하고

서로가 서로에게 무한 행복을 같이 느끼는

추억과 연민이 있고 바라지 않는 사랑

그것이야말로 숭고하고 아름다운 참사랑이겠지요?

내 생각으론 말이지

나이 한 살

불빛들은 사라지고
새벽공기 서늘한데
일성 메아리 어둠을 가른다

보지도 듣지도 못한
새해가 왔다고
두견이 두견 우짖고

평지를 내달아
먼 지평선 끝자락
어둠 뚫고 여명이
태양은 새날을 쳐 받들고 떠오른다

시린 생각들 곤두서고
먹는 나이보다 거꾸로
망각들은 기억의 편린 저편으로

가슴 밑바닥에
송글송글 맺힌 추억들
무엇 하나 소중치 않으리

오늘 내 입으로

추억 하나를 또 처넣었다

사랑한다는 건

구름 같은 것
청명한 하늘 아래
꽃처럼
잠자리 날개처럼
흩날리는 마음
천사의 노래
아름다운 메아리
사랑은
스치고 지나가는
꽃바람 같은
그런 건가봐

사랑은

사랑은
그리움과
온통 기쁨과 환희로
살아내는 것인가 보다

사랑은
내가 아닌
오롯이 너로 살아가는 것인가 보다

너로 환생하여 너와 함께 하고픈
욕망으로 살아가는 것인가 보다

사랑은 내게
네가 되는 법을 알게 하는
마법인가 보다

나보다 너를 더 잘 아는

이별 연습

봄은 여름에 밀려온 것이 아니다
그러니 겨울을 밀어낸 것도 아니다

자연의 섭리 따라
꽃 피고 새 지저귀듯
인생도 덧없어
흐르고 흘러
세월이라 하지 않던가

봄이란 순리에 적응하는 선순환일 뿐
강요에 의해서도
기분에 따라서도 아닌
우주라는,
자연의 섭리에 따라, 오고 가는 것

꽃도 피고 지고
삶도 왔다 가고
사랑도 왔다 가고
모든 인연과 사연이 그렇듯

흘러들다 떠내려가는 물과 같은 것인 것을

왔다가는 떠나가는 나그네 같은 것을

헤어짐은 슬픔도 아쉬움도 아닌 것을

꽃과 사랑

꽃엔 향기가 있다

가슴엔 사랑이 있다

그래서
사랑은 가슴으로 하고

사랑에는 향기가 있고

그 사랑은
꽃길 같은 행복이 있다

내가 사랑하는 지금
이 꽃밭에는

이별

헤어짐

잊혀짐이 두려운 거죠

가슴까지 시려오는
아픔일 테니까

헤어짐은
피가 얼어붙는 겨울 같아
시련이라 하죠

매섭게 차가운
쓸쓸한 가을바람인 거죠

아빠의 마음

그러니?
이제 아빠가 부담스럽니?

그래 아빠는 이제
자꾸만 힘이 떨어지는구나
이제는 자꾸 깜빡깜빡하는구나
그게 너를 힘들게 하는구나

딸아
내 이쁜 딸아
아비도 이런 내가 싫단다

너에게 짐이 되는 것도
너에게 귀찮은 일을 부탁하는 것도
너에게 못 보일 것들을 보이는 내 모습이
아비는 너보다 더 싫단다

이쁜 딸아
미안하구나
너에게 존경받는 아빠로 살고 싶었단다
어쩌다 보니
이쁜 네게 짐이 되는 아빠가 되었구나
미안하다 미안하다
정말 미안하다 내 딸아!

삶에 미련 두지 않고
자식에게 짐이 되지 않는
그야말로
멋진 아빠가 되고 싶었는데
그게 마음대로 되질 않아
아빠도 많이 힘이 드는구나
미안하다 미안하다!

사랑하면

까치가 울면 누군가 좋은 사람이 올 것 같고
날씨가 좋아도 뭔가 좋은 일이 생길 것 같고
기분이 좋으면 콧노래까지 흥얼거리게 되고

예쁜 루즈를 안 발라도 예쁘고
아무 옷이나 걸쳐도 잘 어울려 보이고
생 머릿결도, 펌 머리도, 단발머리를 해도
그저 예뻐만 보이고

얼굴이 환하게 펴지고
누가 봐도 행복해 보이는 표정이 되고
노랫소릴 흥얼거리게 되고, 발걸음이 경쾌해지고

당신을 마냥 기다리게 되고
기쁨과 즐거움에, 행복하게 살게 된다
얼굴에 생기가 돌고, 마음이 너그러워진다

사랑하면
나보다는 너를 먼저 생각하고
슬픔은 사라지고 즐거움과 행복해하며 살게 되고
모든 것이 긍정과 환희로 느껴지게 된다

사랑은
엔도르핀을 돌게 하는
긍정의 아이콘으로 만들어간다

나를
세상에 존재하는 천사로 살게 한다

내 당신

당신은 살포시 다가온 영웅

오월 장미 같고
삼월 진달래 같은 사람

천년을 산다 해도
다시 볼 수 없는 사람이기에

연기 같은 아지랑이 닮은 인연

한 자리 꿋꿋이 자리 지키는
마을 앞 느티나무처럼

당신은
나를 나로 살게 한
나만의 영원한 히어로

여행 끝날 때까지 함께 할
내 삶의 멘토

노년의 역사

끓어오르는 분노와 식어가는 청춘
붉게 물들어 가며 영글어가는 경륜

치열한 경쟁에 밀려 뒤안길로
남루하지만 중후하고
오랜 경험의 영리함으로 치러낸 세월

이제는
익숙한 대머리 골 깊은 주름
거추장스러운 질병과 끈질긴 인연들
흰머리 입담의 박식함 뿐

저무는 서녘 하늘 붉은 태양의 정열
아직은 식지 않은 청춘이란 이름의 계급장

누군가 말했지
"너 늙어봤니? 나 젊어 봤다."

사랑

사랑
내가
당신에게 줄 수 있는 유일한 것
당신에게만 주고 싶은 것

사랑
받기보다
주는 것이 더 행복한 신묘한 무형의 삶

사랑
언젠가 약속했던 사소한 것들도
모두 기억하게 하는 힘

사랑
생각으론 이해할 수 없는
형이상학의 또 다른 세계로의 여행

사랑
그리움으로 밤새워도
오히려 전혀 피곤하지 않은 즐거움

사랑

너를 향한

나의 변치 않을 무한의 메신저

울음

운다
울음 운다

가지 끝만 스쳐도
잎새 이는 바람 느껴지는데

덥지 않아도
매미는 여름인 줄 아는데

떠나간 사랑 눈치 못 채고

버려진 나는
사랑에 미련 버리지 못해
실끈 한 자락 부여잡는다

세월 앞에
무너져 내리는 허망함보다
버려지는 아픔에
밤새 목이 멘다

여름밤
잠 못 이루며 뒤척이는 건
슬픈 미련 때문 아니야

아마도 열대야 때문일 거야

부조금

새봄엔 모든 생명들이 소생한다

신혼부부 탄생한다
SNS 문자로, 청첩으로

경사엔 부조금이 따른다
의례적으로
당연히
요즘은 대놓고 계좌를 보낸다

축하를 하라는 건지
돈을 보태란 건지

주말이면
열어놓는 내 빈 주머니
먼지까지
알뜰히도 거둬간다

도움 주고 도움 받는
전통의 두레

식혜도 해 오고 달걀도 가져오고
콩나물도 키워 오고
그렇게 십시일반
자기 능력껏 힘을 보탰다는데

봄, 가을
월급 받아 살아가는 샐러리맨
죽을 듯 살아가는 계절

내일도 두 군데
일요일도 또 한 군데

서른 넘어 사십

물오른 서른에
어딜 가도, 누가 와도, 무얼 해도,
무서울 게 없었다

피 끓어 뭐라도 할 수 있고
하면 된다는
자신감만 충만했다
경쟁도, 사랑도, 예술도, 뭐든

서른아홉 그해 늦가을
나도 사십이 된다는 생각에 고민했다

아이도 어리고, 빈털터리에
희망 또한 희미한 나를 보았다
겁이 났다, 두려웠다

두 주먹을 쥐고, 어금니 꽉 깨문다는 거
살아야 하겠다는, 몸부림친다는 거
사십 앞에 헛살아온 자신을 봤다
내 어깨가 무겁다는 것을 그제야 알았다

정말 두려웠다
긴 겨울 나를 못 이기고 술이 되어 살았다

스스로
늦지 않았다는 다짐으로 나를 위로했다
지금부터라는 다짐으로 열심히 살아야겠다고
그 몸부림을 한겨울 동안 발버둥으로 견뎌냈다

몸살 끝
아저씨가 된 새봄
그해 찔레꽃은 참으로 탐스러웠다
향기마저 좋았다

아버님은

나는 그런가 보다

새봄
아지랑이 뒤로 어른거리는 사람
내게로 와 주었으면 싶다

나는 그런가 보다
한여름
장대비가 쏟아져도 당신 집은 비껴가기를
당신은 온전한 한 송이 꽃이기를

나는 그런가 보다
빛 고운 가을
쓸쓸하고 애잔한 계절
후세(後世)들 풍성한 수확만 느끼기를

나는 그런가 보다
북풍한설 몰아치는 겨울
당신이 누운 양지바른 그곳에는
바람도 불지 않는 따사로움에
눈조차 녹아 있기를

뽀얗고 고운 자태로
아침 해가 투과되는 영롱한 이슬방울처럼
그렇게 내 가슴에 각인되기를

나는 그런 욕심쟁이인가 보다

사랑을 부르며

사랑
그 오묘함에
아직도 방황하는

이 밤
그 숙제를 풀려
하얗게 새운다

정답은 없다
해답도 없다

외로움은 누군가 채우지만
그리움은 너일 뿐

긴 겨울밤
눈발보다 더 많이
너를 불러본다

올 수 없는 너
들을 수 없는 너
메아리로 돌아올 외침

밤이 하얗도록
너를 그려본다

나이 육십

갑자, 을축, 병인, 정묘, 무진, 기사, 경오, 신미…

세월을 흐르고 흘러
네 발에서 두 발로 또 세 발로

질곡의 세월 회한으로 맞으며
주름 깊은 골골 마다
사연들이 차곡차곡

어이타 벌써
한 바퀴 돌아 회갑
이룬 것 없이 바쁘게만 살아온 인생

남길 것도
돌려줄 것도
손가락 사이로 흘러버린
모래알 같은 욕심들

되돌아 따져보니
밑진 것도 남은 것도 없는
부평초 같은 삶인 것을

맴돌다 제자리
이제 아픈 다리 쉬어가며
되새겨 돌아보는
들풀 같은 삶
내 나이 육십

아버지

아버지가 생각난다

생각만으로 가슴 밑바닥부터 아려오는
하늘같이 크게 느껴지던
내 아버지

봄소식 전해오는
해 따숩고, 바람 훈훈한 이즈음
새 봄꽃들 피어날 때쯤
나는 아버지가 그립다

"든든한 내 새끼"
아버지 그 한 말씀
내 가슴 큰 울림통으로 울린다

담배 냄새 구수했던, 투박했던 아버지 손
따갑고 거칠던 아버지 수염
정 묻어나던 아버지 목소리

한식(寒食)

봄볕 바스러지는 햇살 맞으며

울 아버지 뵈러 봄나들이 갈까

언제나 당신

태양 하늘에 떠 있듯
늘 거기에 있는 사랑

어제도 그랬듯이
오늘도 역시
나를 보듬어 주는 사람

파도처럼 밀려오는
그리움에도

만날 수 없는
안타까움에도

그곳에
있다는 믿음으로

멀리 있어도
마음 하나임을 알기에

그 믿음 하나로
오늘을
견디어낸다

사랑한다면

사랑한다면 덮어줘야 한다

사랑한다면 품어줘야 한다

사랑한다면 눈감아줘야 한다

사랑한다면 져줘야 한다

사랑한다면 기다려줘야 한다

사랑한다면 나를 이겨내야 한다

사랑한다면 지그시 바라봐줘야 한다

첫눈 오는 것을 바라보는
강아지의 눈길로…

내 마음

나를 부르면
대답하지 않겠어요
그대 얼굴 보기 쑥스러워서요

나를 부르면
돌아보지 않겠어요
수줍은 내 가슴 상처받기 두려워서요

나를 부르면
없다고 할래요
달콤한 사랑보다
가슴 저린 이별이 더 무서워서요

나를 부르면
문설주 뒤에 숨어
붉은 얼굴만 빼곡히 내밀어
당신 얼굴만 바라보겠어요

내 마음은 그래요

살아온 날과 살아갈 날들

안창남 지음

발 행 처 · 도서출판 청어
발 행 인 · 이영철
영   업 · 이동호
홍   보 · 천성래
기   획 · 남기환
편   집 · 방세화
디 자 인 · 이수빈 | 김영은
제작이사 · 공병한
인   쇄 · 두리터

등   록 · 1999년 5월 3일
(제321-3210000251001999000063호)

1판 1쇄 발행 · 2022년 6월 30일

주소 · 서울특별시 서초구 남부순환로 364길 8-15 동일빌딩 2층
대표전화 · 02-586-0477
팩시밀리 · 0303-0942-0478

홈페이지 · www.chungeobook.com
E-mail · ppi20@hanmail.net
ISBN · 979-11-6855-047-6(03810)